For You!
From Me, Lupita!

To Lowndes
From Inez

My Mother the Mail Carrier

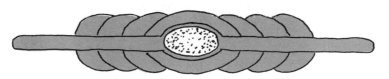

Mi mamá la cartera

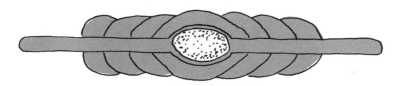

By Inez Maury
Illustrated by Lady McCrady

Translated by Norah E. Alemany

The Feminist Press

All rights reserved under International and Pan-American
Copyright Conventions. Published in the United States by
The Feminist Press at The City University of New York, 311
East 94 Street, New York, NY 10128.

Distributed by The Talman Company, Inc., 150 Fifth Avenue,
New York, NY 10011.

Library of Congress Cataloging in Publication Data:
Maury, Inez, 1909-
  My mother the mail carrier — Mi mama la cartera.

  (The Feminist Press children's book series)
  English and Spanish.
  SUMMARY: A five-year-old describes the loving and close rela-
tionship she has with her mother, a mail carrier, and also relates
some aspects of her mother's job.
  1. Spanish language—Readers. [1. Mothers and daughters—
Fiction. 2. Mothers—Employment—Fiction. 3. Postal
service—Letter carriers—Fiction. 4. Spanish language—Readers]
I. McCrady, Lady. II. Title. III. Title: Mi mama la cartera.

PC4115.M424   468'.6'421   76-14275   ISBN 0-935312-23-4

Special thanks to Pilar de Cuenca, Carmen A. Jimenez, and the
Regional Bilingual Training Resource Center, New York City
Board of Education, for their invaluable assistance with the
translation.

The Feminist Press gratefully acknowledges the generous gift of
Elizabeth Maury toward the reprinting of this book.

My mother is tall.

This is my mother, Mariana, in her mail-carrier uniform. Isn't she tall and wonderful? I am Lupita. Here I am being funny in her hat. I'm not tall, but I'm wonderful.

Mi mamá es alta.

Ésta es mi mamá, Mariana, llevando su uniforme de cartera. ¿No se ve alta y maravillosa? Ésta soy yo, Lupita, haciéndome la chistosa, con el sombrero de mamá. No soy alta, pero sí soy maravillosa.

My mother loves colors.
When my mother is not wearing her dust-blue uniform, she puts on colorful clothes, mostly from "Jennie's Junkery" down at the corner.

A mi mamá le gustan los colores.
Cuando mi mamá no está usando ese uniforme color azul opaco, se pone vestidos de colores alegres comprados a Jennie en su tienda de la esquina.

Our tiny house is bright blue. Last week we painted my mother's bedroom yellow, and my sleeping alcove all orange. You'd think the daylight color would keep me awake at night, but as soon as my mother reads me a story and kisses me and snuggles me down, I'm asleep.

Nuestra casita es color azul vivo. La semana pasada pintamos el cuarto de dormir de mi mamá, todo de color amarillo, y mi alcoba de color anaranjado. Pensarás que esos colores tan vivos me tendrían despierta toda la noche, ¿no? Pero apenas me acaba de leer un cuento mi mamá, me da un besito, y me acurruca en la ropa de mi cama, me quedo completamente dormida.

My mother likes her work.

At the big downtown Post Office, my mother sorts letters from everywhere into a tall carrier case. Then, after filling her mailbag, she enjoys walking along the street and up onto people's porches.

A mi mamá le encanta su trabajo.

En la oficina central de correos, mi mamá separa las cartas que vienen de todas partes y las pone en un alto portador. Luego, con su bolsa de repartir cartas llena, le gusta mucho caminar por la calle y llegar a las puertas de las casas.

It is most fun for me when she finishes early and surprises me at nursery school.

Lo que me gusta más a mí es que ella termine temprano su trabajo y me sorprenda en el kindergarten.

All my friends like to look at her and touch her. I do, too. It's so nice to curl up against her on the bus going home.

A todos mis amiguitos les gusta mirarla y tocarla. A mí también. Me siento tan contenta cuando me acurruco cerca de ella en el autobús camino a casa.

My mother is strong.

On the big days, when there are lots of "flats" (magazines and ads), my mother's mailbag weighs almost as much as I do. I tell her I could bring my wagon and help, but she says, "No, you're not allowed to bring a wagon on the bus."

Mi mamá es fuerte.

En días de mucho trabajo, cuando llega muchísima correspondencia pesada (como revistas y avisos comerciales), la bolsa de mi mamá pesa casi tanto como yo. Le digo que puedo ayudarla con mi carretita, pero ella dice que no, que no permiten carretas en los autobuses.

Besides, it is a rule that no one is allowed to walk with a mail carrier. Too bad. I could help her so much.

Además, los reglamentos prohiben que otras personas acompañen a los carteros. ¡Qué lástima! ¡Yo la ayudaría tanto!

My mother is brave.

Most dogs are my mother's friends, but some are not. One tries to bite her fingers when she puts mail through the slot in the door. On the street, a big dog tries to bite her, but she's not afraid. She quiets it by standing very still and saying, "Calm down, now."

Mi mamá es valiente.

Casi todos los perros son amigos de mi mamá, pero hay algunos que no lo son. Uno de éstos trata de morderle los dedos cuando ella mete cartas por la ranura de la puerta. En la calle, también hay perros grandes que le vienen correteando y con ganas de morder, enseñándole los dientes. Pero mi mamá no les tiene miedo. Los hace callar cuando se para y, sin moverse, les dice: —¡Quieto!

My mother gets mad.

Sometimes my mother gets mad if I leave crayons on the floor or forget to feed my canaries.

Mi mamá se enoja.

Hay veces que mi mamá se enoja conmigo cuando dejo mis juguetes tirados en el piso, o cuando se me olvida dar de comer a mis canarios.

She gets maddest when a person on her route says, "What? A lady mailman? How queer!" Or if someone else says, "You're taking a man's job away, lady, can't you see that?" She'd like to tear their mail up right in front of them, but she never does. She doesn't even talk back. Mail carriers have to be polite all the time. I think that's awful.

Pero se enoja mucho más cuando alguna persona en su ruta dice:

—¿Qué? ¿Una mujer haciendo de cartero? ¡Qué extraño!—U otra persona le dice:

—Señora, usted está quitándole el trabajo a un hombre. ¿No se da cuenta de eso?

A mi mamá le dan ganas de romperle la correspondencia en su cara, pero no lo hace. Ni siquiera los contradice. Las personas que reparten correspondencia tienen que ser siempre corteses. Eso me parece terrible.

My mother is kind.

Even when she's loaded with mail, my mother stops and listens to people's troubles. One man waits at his gate for a letter from his daughter that never comes. A lonely girl waits, too, and sometimes cries in my mother's arms. People tell her their secrets, and she never repeats them to anyone—not even *me.*

Mi mamá es buena.

Aún cuando anda muy cargada, mi mamá se para para escuchar los problemas que le cuenta la gente, sea un triste padre esperando la carta que no llega de su hija; o sea una muchacha que se siente muy sola que a veces llora en los brazos de mi mamá. La gente le dice sus secretos, pero ella nunca los revela a nadie…ni siquiera a mí.

My mother is wise.
My mother says that troubles don't last forever.

Mi mamá es sabia.
Mi mamá dice que los pesares no duran para siempre.

Whenever I get a bad bump or a cut, she sings a little verse:
Heal, heal, little frog-tail,
If not today, then tomorrow without fail.
Then she kisses the spot that hurts, and all's well.

Cuando yo me doy un golpe o un rasguño, ella me canta un verso:
¡Sana! ¡sana! colita de rana,
Si no sanas hoy, sanas mañana.
Luego me da un besito en la parte que me duele y, de repente, se va el dolor.

My mother is a good cook.

I helped my mother make tamales when her new friend Pablo came to dinner. He said they were great, as good as his mother's, *almost*. My mother's face turned pink. He told us his mother became a very good cook after she stopped singing and stayed home. "That was wrong," my mother said. "She should have gone on singing." "No," said Pablo, "that was right. A woman's place is in the home." Nobody said much after that, and as soon as he finished the custard dessert, he left.

My mother was so mad that she started to cry, but then I jumped on her lap and sang all of "Sana, sana!" to *her*.

Mi mamá es buena cocinera.

Yo ayudé a mi mamá a hacer tamales cuando vino Pablo, un compañero de trabajo, a cenar. Él nos dijo que estaban sabrosísimos, casi tan ricos como los que hacía su mamá. Las mejillas de mi mamá se pusieron bien rosaditas. Nos dijo Pablo que su mamá, después que dejó de trabajar como cantante, se dedicó al cuidado de su casa y llegó a ser muy buena cocinera.

—Hizo mal,—dijo mamá,—debía seguir con el canto.

—No,—dijo Pablo,—hizo bien. Una mujer debe dedicarse a su hogar.

Nadie habló mucho después de eso, y tan pronto como terminó de comerse el flan, se fue.

Mi mamá estaba tan enojada que se puso a llorar, pero entonces me senté en su regazo y le canté "¡Sana, sana!" a *ella*.

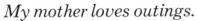

My mother loves outings.
We go to the park or out to the beach every chance we get. The park is best because that's where the ponies and the swings and slides are.

A mi mamá le gusta salir de paseo.
Vamos al parque o a la playa siempre que podemos. El parque es más divertido, porque allí es donde están los caballitos, los columpios, y las resbaladeras.

Sometimes José packs us a picnic lunch and comes along too. He's one grownup who really listens and pays attention to what kids say.

José a veces nos acompaña y lleva cosas buenas para merendar al aire libre. Él es una persona grande que verdaderamente escucha y pone atención a lo que dicen los niños.

He asked me if I wanted to carry the mail like my mother when I get big. I said I'd rather be a jockey. "Right on!" he said. My mother laughed. "Why don't you want to be a mail carrier?" she asked. "I love horses," I said. "And besides, I look so funny in your hat."

Me preguntó si yo quería ser cartera cuando sea grande como mi mamá. Yo le dije que no, que prefiero ser una jockey.
—¡Adelante!—exclamó. Mi mamá se rió.
—¿Por qué no quieres ser cartera?—me preguntó.
—Porque me encantan los caballos—respondí.—Además, me queda mal la gorra de cartera.